Bonjour la rivière

texte de
Denise Paquette

illustrations de
Denise Bourgeois

BOUTON D'OR ACADIE

Aujourd'hui, il fait beau, il fait frais.
Léa, Laurent, papa et maman vont
se promener à la rivière.
Ricou s'arrête et jappe.
Qu'a-t-il remarqué ?

Léa et Laurent écoutent le bruit de l'eau.
Ils observent les oiseaux.
Ricou jappe encore.
Qu'a-t-il aperçu ?

Léa descend l'escalier de bois.
Elle porte le panier à pique-nique.
Ricou bondit derrière elle.
Qui lui a fait peur ?

Laurent enfonce son épuisette.
Il capture une écrevisse.
Ricou plonge la patte.
Que veut-il attraper ?

Léa saute sur les roches.
Laurent en fait autant.
– Attention, les enfants !
s'écrie maman.
Et Ricou, que chasse-t-il ?

Papa enlève ses chaussures.
Il se met à barboter.
Ricou veut faire pareil.
Qui brille sous le soleil ?

Laurent, papa et maman
lancent leur ligne à l'eau.
Maman pêche un gros poisson.
Léa perd son hameçon.
Et Ricou, qu'a-t-il trouvé ?

Laurent marche dans les fougères.
Maman cueille des têtes de violon.
Ricou devient polisson.
Qui se cache sous un vieux tronc ?

Léa, Laurent, papa et maman
s'assoient pour pique-niquer.
Un sandwich pour Léa.
Un cornichon pour Laurent.
Et Ricou, qu'a-t-il flairé ?

C'est maintenant le temps de rentrer.
Ricou se penche au-dessus de l'eau.
« Coucou, Léa ! Bonjour, Laurent ! »
– Venez, les enfants ! s'écrient
papa et maman.

Au revoir la rivière !

Ricou va de découverte en découverte. Si tu complètes le texte ci-dessous, tu pourras savoir ce qui l'a fasciné.

Ricou a remarqué un ra_ _ _ _ _ _ _. Il a aperçu un ca_ _ _ _. Un oi_ _ _ _ _ _ _ _ _ _ _ _ lui a fait peur. Il a voulu attraper un pa_ _ _ _ _ _. Il a chassé une an_ _ _ _ _ _. Une tr_ _ _ _ _ _ _-_ _- _ _ _ _ bril-lait sous le soleil. Il a trouvé une lo_ _ _ _ _ _ _ _ _ _ _ _ _ _ _. Une sa_ _ _ _ _ _ _ _ _ se cachait sous un vieux tronc. Il a flairé une co_ _ _ _ _ _ _.

un oi_ _ _ _ moqueur

une truite arc-_ _-_ _ _ _ _

un ca_ _ _r

un ra_ musqué

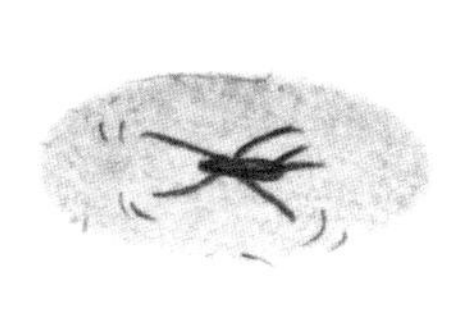

un pati_ _ _r

une loutre de ri_ _ _re

une salam_ _ _ _ _

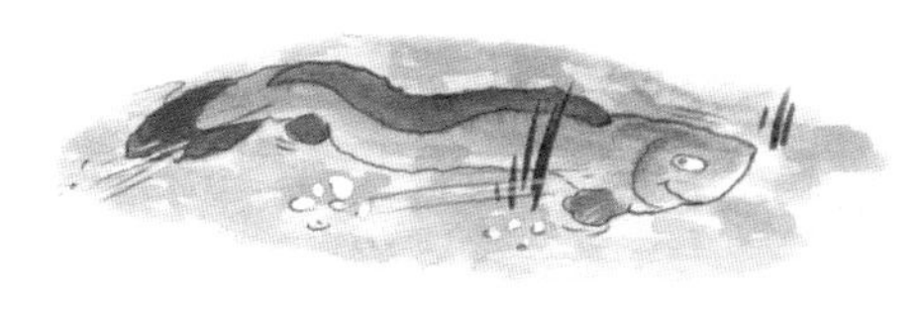

une angui_ _ _

une coul_ _ _ _ _

Titre : Bonjour la rivière
Texte : Denise Paquette
Illustrations : Denise Bourgeois
Conception graphique : Lisa Lévesque

ISBN : 978-2-922203-90-5
Dépôt légal : 3e trimestre 2006
Réimpression : 3e trimestre 2015

Bibliothèque et Archives Canada
Bibliothèque et Archives nationales du Québec
Impression : Friesens

Pour ses activités d'édition, Bouton d'or Acadie reconnaît l'aide financière de la Direction des arts du Nouveau-Brunswick, du Conseil des arts du Canada et du gouvernement du Canada par l'entremise du Fonds du livre du Canada.

Case postale 575
Moncton (N.-B.)
E1C 8L9 Canada
Téléphone : (506) 382-1367
Télécopieur : (506) 854-7577
Courriel : boutondoracadie@nb.aibn.com
Internet : **www.boutondoracadie.com**
www.avoslivres.ca

Créé en Acadie - Imprimé au Canada